GUÍA DE LECTURA

Escrita por Tram-Bach Graulich
Traducida por Tamara Montes Blanco

Nuestra Señora de París

de Victor Hugo

VICTOR HUGO

POETA, DRAMATURGO, NOVELISTA Y POLÍTICO FRANCÉS

- **Nacido en 1802 en Besanzón (Francia)**
- **Fallecido en 1885 en París (Francia)**
- **Algunas de sus obras:**
  - *Hernani* (1830), obra de teatro
  - *Nuestra Señora de París* (1832), novela
  - *Los miserables* (1862), novela

Poeta, novelista, dramaturgo y político, Victor Hugo es el escritor emblemático del romanticismo francés. Fue elegido «líder de los románticos» y también llevó una vida comprometida con la política —intervino en grandes causas como la abolición de la pena de muerte—. Durante el Segundo Imperio francés, tuvo que exiliarse (1851-1870) en Jersey y después en Guernsey, donde cabe destacar que escribió *Los miserables*.

Cuando murió en 1885, la República le organizó un grandioso funeral nacional y el pueblo lo aplaudió como el mayor escritor francés.

NUESTRA SEÑORA DE PARÍS

UNA HISTORIA QUE SE CONVIRTIÓ EN MÍTICA

- **Género:** novela
- **Edición de referencia:** Hugo, Victor. 1998. *Nuestra Señora de París*. Traducido por M.ª Amor Hoyos Ruiz y Eloy González Miguel. Madrid: Ediciones Cátedra
- **Primera edición:** 1831
- **Temáticas:** historia, fatalidad, mito, amor, tentación

Nuestra Señora de París (1831) transcurre en el siglo XV y cuenta la historia de la gitana Esmeralda, de quien se enamoran el archidiácono Claude Frollo, el capitán Febo y Quasimodo, el jorobado de Nuestra Señora. En la trama se incorpora también una reflexión filosófica sobre la historia y la evolución de la arquitectura.

A pesar de las críticas de Mérimée y de Stendhal a causa de su estilo, que juzgan demasiado melodramático, *Nuestra Señora de París* cosechó un éxito popular inmediato y aún hoy día sigue siendo una de las obras maestras de Victor Hugo.

RESUMEN

PREFACIO DEL AUTOR

Mientras se paseaba por la catedral de Nuestra Señora, el autor se topó con la inscripción «ANÁIKH» («FATALIDAD» en griego), que le inspiró esta novela: «Basándose en esta palabra, se ha escrito este libro» (Hugo 1998, 45).

LIBRO PRIMERO

El 6 de enero de 1482, en París, el día de la Fiesta de los Locos, se representa en la gran sala del Palacio de Justicia una obra de teatro del poeta Pierre Gringoire. La muchedumbre no tarda en cambiarla por un espectáculo más divertido: un concurso de muecas destinado a elegir al papa de los locos. Este será Quasimodo, el campanero de Nuestra Señora, porque «la mueca no era tal; era su propio rostro» (Hugo 1998, 92).

LIBRO SEGUNDO

Por la noche, en las calles de París, Claude Frollo, el archidiácono de Nuestra Señora, intenta secuestrar a la gitana Esmeralda, de la que está enamorado, con Quasimodo como cómplice. El capitán Febo de Châteaupers se lo impide, salva a la joven y se lleva a Quasimodo para que lo juzguen. Frollo se escapa sin que lo vean.

En busca de un lugar donde dormir, el poeta Gringoire llega a la Corte de los Milagros, la guarida de los ladrones de París. Lo colgarán a menos que una mujer tenga a bien casarse con él. Esmeralda hace de él su marido, salvándolo así de la muerte.

LIBRO TERCERO

Descripción de la catedral de Nuestra Señora y del París del siglo XV.

LIBRO CUARTO

Este libro trata inicialmente de los orígenes de Quasimodo. Es un niño abandonado al que nadie ha querido a causa de su monstruosidad. Sin embargo, Claude Frollo lo adoptó por compasión. Desde entonces, Quasimodo siempre ha vivido en la catedral de Nuestra Señora. Las campanas le dejaron sordo y su fealdad y su aislamiento lo volvieron malo (Hugo 1998, cap. 3).

En cuanto a Claude Frollo, consagró toda su juventud a la ciencia y a la religión. Al morir sus padres, se encargó de su hermano pequeño, Jehan, y adoptó a Quasimodo. Debido a de su aspecto perspicaz y sombrío, da miedo y tiene mala reputación. Así, «Quasimodo pasaba por ser el demonio y Claude Frollo el brujo» (Hugo 1998, 196).

LIBRO QUINTO

Digresión sobre la decadencia de la arquitectura debido al auge de la imprenta.

LIBRO SEXTO

Por haber intentado secuestrar a Esmeralda, Quasimodo es flagelado en una rueda giratoria, en medio de la plaza de Grève. En su sufrimiento, reclama beber. Esmeralda se acerca a él y le da agua. Quasimodo se queda cautivado por la belleza de la gitana.

LIBRO SÉPTIMO

El capitán Febo está prometido con su prima, Flor de Lis, pero, como mujeriego que es, ya se ha aburrido de esta, mientras que Esmeralda le tiene cada vez más intrigado. Entre tanto, esta última se enamora perdidamente de él.

Mientras tanto, Frollo, el archidiácono, se da cuenta de que él mismo siente también una fuerte pasión por Esmeralda. Una noche ve a Febo, que ha quedado con la gitana. Lo sigue y asiste a una declaración de amor entre los dos jóvenes. Loco de celos, Frollo apuñala a Febo y huye. Esmeralda se desmaya.

LIBRO OCTAVO

Esmeralda es arrestada, juzgada y, tras haber sido sometida al «interrogatorio» (es decir, torturada), es condenada por brujería e intento de asesinato. Deberá pedir perdón ante la catedral antes de ser ahorcada. Mientras tanto, Febo, herido, vuelve a casa de Flor de Lis y abandona a Esmeralda a su suerte.

Frollo va a visitar a Esmeralda a prisión y trata de sacarla, pero ella lo rechaza. Prefiere incluso la muerte. Ante el atrio de Nuestra Señora, Quasimodo aparece de la nada y se lleva a Esmeralda a la catedral mientras grita: «¡Asilo!» (Hugo 1998, cap. 6).

LIBRO NOVENO

Quasimodo se enamora de Esmeralda. Cuida de ella y le proporciona todo lo que necesita. Ella siente gratitud hacia él, pero no puede evitar apartar la mirada ante la gran fealdad de su rostro. Quasimodo se encuentra muy afligido, sobre todo cuando se da cuenta de que ella sigue amando a Febo. Una noche, Frollo se introduce en el escondite de Esmeralda e intenta violarla, pero Quasimodo lo expulsa. Desde este momento, padre e hijo adoptivo se convierten en rivales.

LIBRO DÉCIMO

Gringoire se hace amigo de los bandidos, y le gusta su nueva vida. Los ladrones deciden asaltar Nuestra Señora para rescatar a su amiga, Esmeralda. Para algunos, esto no es más que un pretexto para saquear. Quasimodo defiende su catedral lanzando piedras desde lo alto de las torres. Mata a Jehan, el hermano pequeño de Frollo.

El rey Luis XI, al corriente del motín, envía a sus tropas para proteger Nuestra Señora.

LIBRO UNDÉCIMO

Frollo secuestra a Esmeralda, a la que lleva en barco a lo largo del Sena hasta la plaza de Grève. Le propone una vez más su horrible plan: que elija entre él o la horca. Ella sigue prefiriendo la horca. Frollo se la entrega entonces a una anciana reclusa, la Sachette, mientras espera a que lleguen las tropas del rey. Pero esta última resulta ser... ¡la madre de Esmeralda! Los soldados llegan, matan a la anciana y ahorcan a Esmeralda.

Frollo ríe sarcásticamente: ha asistido al ahorcamiento desde las torres de Nuestra Señora. Quasimodo, desesperado, empuja a su maestro, que se estrella contra el suelo y exclama, al ver el cuerpo de Esmeralda y el del archidiácono: «¡Oh! ¡Todo lo que he amado!» (Hugo 1998, 508).

Años más tarde, en el osario de Montfaucon, se descubre el esqueleto de Quasimodo abrazado al de Esmeralda. Cuando los separan, el de Quasimodo se convierte en polvo.

ESTUDIO DE LOS PERSONAJES

QUASIMODO

Quasimodo es el campanero de Nuestra Señora. Su nombre sería un sinónimo de *grosso modo* en latín, lo que significa «más o menos». «[E]n efecto, Quasimodo, tuerto, jorobado y patizambo apenas si era un *más o menos*» (Hugo 1998, 183).

Está unido simbólicamente a Nuestra Señora; prácticamente, el campanero y la catedral son uno solo: «[E]xistía una especie de armonía misteriosa preexistente ya entre Quasimodo y aquel edificio» (Hugo 1998, 184). «[H]abía tomado [la] misma forma [que el edificio]» (Hugo 1998, 185). Las campanas que hace sonar le han dejado sordo, pero las ama porque son sus únicas amigas.

«Jorobado, tuerto y cojo» (Hugo 1998, 383), su deformidad solo le ha servido para hacer crecer el odio a su alrededor, por lo que se ha vuelto malvado. «[S]u maldad no era seguramente innata en él» (Hugo 1998, 186). A fuerza de aguantar las burlas de la gente de París, acaba alimentando una profunda desconfianza hacia el ser humano. Por lo tanto, su mezquindad es la consecuencia de la de los demás.

El único ser humano al que Quasimodo quiere es Claude Frollo, su padre adoptivo. Con Esmeralda, descubre la pasión del amor por una mujer. Entonces, su fealdad solo le parece más dolorosa: la belleza llama a la belleza y Esmeralda ama a Febo.

Quasimodo también es una alegoría del pueblo en su estado original.

CLAUDE FROLLO

Claude Frollo, archidiácono de Nuestra Señora, está destinado a una carrera como sacerdote desde su más tierna infancia. Se ha dedicado en cuerpo y alma a la ciencia, reprimiendo sus pasiones en lo más hondo de su ser. Como adulto, podemos decir que «[e]ra un cura austero, grave y taciturno» (Hugo 1998, 192), un erudito de apariencia triste.

No es el rufián malvado y cruel en el que la tradición lo ha convertido. Cuando murieron sus padres, cuida él solo de su hermano pequeño, Jehan. Más tarde, por piedad, adopta a Quasimodo, a quien nadie quiere.

El vicio y toda la maldad del personaje no se expresa hasta que conoce a Esmeralda. Se enamora de ella, pero «el amor, ese manantial en el hombre de todas las virtudes humanas, se torna [...] en algo horrible en el corazón de un sacerdote» (Hugo 1998, 374). Su mezquindad no es propia de él, se trata de «amor viciado» (*ib.*). Esmeralda despierta en él el sentimiento de amor que durante tanto tiempo había ahogado, y Frollo, a fuerza de asfixia, acaba por ser repugnante y estar lleno de vicios. Ve a Esmeralda como un objeto de lujo.

FEBO DE CHÂTEAUPERS

Febo es capitán en el ejército del rey. Su nombre significa «sol», lo que sugiere que es particularmente apuesto. Esmeralda se enamora perdidamente de él, si bien está lejos de ser un personaje amable. Es un donjuán, un mujeriego. Prometido con Flor de Lis, no ve en Esmeralda (de la que nunca consigue recordar el nombre) más que una posible aventura amorosa. Así, después de que Frollo lo apuñale, deja a la gitana y vuelve tranquilamente con Flor de Lis sin atisbo de arrepentimiento.

Se suele decir que estos tres personajes son el reflejo de la personalidad de Hugo: el lado seductor, ya que Hugo cuenta con un gran número de conquistas (Febo), el lado erudito, de una inteligencia casi enfermiza (Frollo) y, por último, el lado amorfo, consciente de sus imperfecciones (Quasimodo).

ESMERALDA

Esmeralda es la gitana que baila en las calles de París. Va acompañada de una cabra amaestrada llamada Djali.

En la estética romántica, distinguimos normalmente dos tipos de belleza femenina:

* la figura de la ingenua, cándida y pura, que eleva al hombre y le hace mejor;
* la figura de la mujer fatal, asociada a la lujuria y al infierno, que causa la decadencia del hombre.

Esmeralda encarna ella sola estas dos figuras opuestas:

* por un lado, Esmeralda solo tiene dieciséis años y es virgen. Es una niña inocente que no sabe nada de los hombres y piensa haber conocido el gran amor con Febo;
* por otro lado, desde el punto de vista de Frollo, es la

mujer fatal, una tentación, un objeto de Satán que hará de él, sacerdote, un alma réproba, condenada al infierno.

En cuanto al amor de Quasimodo, es puro y dedicado. La gitana encarna para él un ideal inaccesible.

Asimismo, Esmeralda tiene la facultad de sacar a la superficie la naturaleza que estos tres hombres guardan en el fondo de su ser. Hace las veces de catalizador:

- Frollo revela todo su vicio;
- Febo demuestra que es todo fachada, su personaje es incapaz de tener sentimientos profundos;
- Quasimodo desvela que no es un monstruo, sino un ser capaz de mostrar el más tierno amor.

El lazo amoroso que se crea entre estos diferentes personajes forma una especie de cuadrado amoroso acompañado de un triángulo (la línea discontinua indica la unión de parentesco entre padre e hijo), figuras sobre las que planea, como si de una presencia humana se tratara, la catedral de Nuestra Señora.

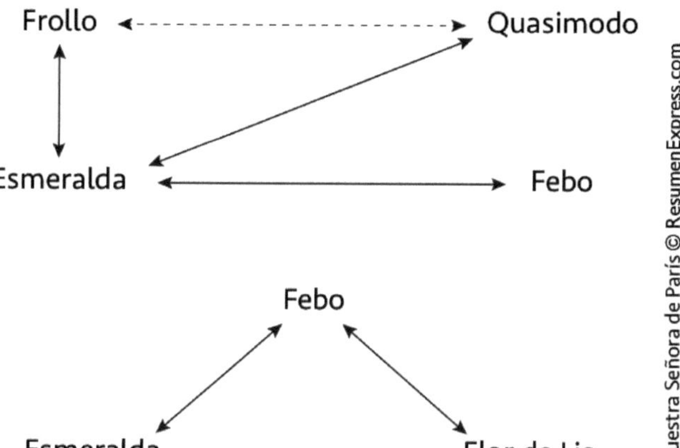

LOS PERSONAJES SECUNDARIOS

- El poeta Gringoire es un personaje un poco ridículo destinado a hacer reír al lector con su torpeza; es un personaje cómico.
- Jehan Frollo es un diablillo travieso, precursor de Gavroche, personaje de *Los miserables* (1862), igual que la Sachette hace pensar en Fantine, que aparece en la novela que acabamos de mencionar.
- Luis XI es presentado como un rey pragmático y cruel.

CLAVES DE LECTURA

UNA DEFENSA DE LA ARQUITECTURA GÓTICA

En el siglo XIX, París está sujeto a un gran número de obras de demolición que modifican profundamente su paisaje arquitectónico en una falta de respeto hacia la herencia de la Edad Media. Hugo, como defensor de grandes causas, se subleva contra este hecho consumado y, a través de *Nuestra Señora de París*, desea suscitar el respeto hacia el patrimonio histórico. Aquí podemos hablar de pintoresquismo arquitectónico.

- «[L]a arquitectura ha sido hasta el siglo XV el registro principal de la humanidad» (Hugo 1998, 216). Cuando los hombres querían escribir, construían templos, pirámides y catedrales y grababan sus palabras en la piedra.
- Sin embargo, debido a la invención de la imprenta en el siglo XV, los hombres dejaron de lado la piedra para escribir sobre papel, con la consecuencia de la lenta muerte de la arquitectura («*El libro va a matar al edificio*», Hugo 1998, 216).
- Esta evolución es irreversible según Hugo, de ahí la necesidad de conservar los edificios góticos. A causa de la imprenta, la arquitectura está muerta y nunca más producirá obras de arte de tal calibre.

UNA FILOSOFÍA DE LA HISTORIA

Hugo concibe la historia como un oleaje que tiene su propia

lógica, sus ciclos, sus ecos y en el que la humanidad progresa a través de la figura del pueblo. Por eso, cuando hablamos de este autor, hablamos de filosofía de la historia.

- La segunda mitad del siglo XV es un período de transición en la historia. El fin del feudalismo, los grandes descubrimientos o la imprenta marcan el paso de la Edad Media al Renacimiento (recordemos que la acción de *Nuestra Señora de París* se sitúa en 1482). Esta transición inaugura, entre otras cosas, el ascenso progresivo de la burguesía, lo que se podría definir como la élite del pueblo.
- En la Edad Media, la sociedad estaba constituida por tres órdenes o estamentos, a saber: la nobleza, el clero y el tercer estado (*grosso modo*, el pueblo).
- En *Nuestra Señora de París*, Febo simboliza la nobleza y Frollo, el clero. En cuanto a Quasimodo, es el símbolo del pueblo en su estado original, de la humanidad que se emancipa lentamente de la materia, que sigue siendo un monstruo, pero que ya tiene algo de gigante y que está llamada a crecer («algo así como un gigante roto y mal recompuesto», Hugo 1998, 92). Simboliza el pueblo en grado cero.
- En la época de Hugo, en 1830, tiene lugar en Francia la Revolución de Julio. Esta pone fin al reinado de Carlos X e inaugura la llamada Monarquía de Julio. Para la generación romántica, esta revolución encarnó, durante un instante, la esperanza de una transición histórica favorable, un poco a semejanza de la del siglo XV. Hugo debía de tener este acontecimiento en mente cuando escribió *Nuestra Señora de París*.
- La catedral de Nuestra Señora es, desde el punto de vista

arquitectónico, una sutil mezcla entre el estilo románico y el gótico. Por esta razón, también simboliza la transición entre ambas épocas, entre dos universos.

UNA NOVELA DE LA FATALIDAD

Nuestra Señora de París es una novela sobre la fatalidad de las pasiones. Desde el momento en que Esmeralda irrumpe en las vidas de Quasimodo y Frollo respectivamente y se enamora de Febo, surge una especie de engranaje cuyo funcionamiento ya nada puede detener. Precisamente, es fatal porque conduce a la muerte a los que han amado. En el cuadrado amoroso, Febo es el único que se salva, puesto que no está sujeto a las pasiones.

Asimismo, la fatalidad es el principio que gobierna la historia. Arrastra a sus actores y los obliga a cumplir con su destino. Las respectivas muertes de Frollo, Quasimodo y Esmeralda son como espejos de sus destinos:

- Frollo cae desde lo alto de Nuestra Señora, símbolo de su decadencia moral;
- Quasimodo, cuyo rostro es como un mascarón, acaba convertido en polvo;
- Esmeralda, la bailarina, muere ahorcada y su cuerpo es balanceado por el viento.

EL ESTILO HUGONIANO

El estilo de Victor Hugo, como continuidad del de Chateaubriand (escritor y político francés, 1768-1848), es un buen ejemplo del estilo romántico, aunque Hugo rechazó esta denominación durante mucho tiempo.

La mezcla de tonos

Aunque el período clásico (siglos XVII-XVIII) privilegiaba la división de estilos, el período romántico (siglo XIX) responde con el gusto por la mezcla de diferentes tonos. *Nuestra Señora de París* es a la vez una tragedia pasional, una comedia burlesca (la extravagancia de Gringoire hace de él un personaje cómico) y un melodrama (véase la escena de tortura de Esmeralda). Ciertas escenas recuerdan a los diálogos de una obra de teatro, otras a fragmentos de una poesía, esto sin contar las digresiones históricas (libro quinto).

La desmesura

Si tuviéramos que elegir una palabra para definir el estilo de Hugo, sería «desmesura». El autor es aficionado a:

- las hipérboles (figura retórica que consiste en exagerar los términos utilizados): adjetivos como «terrible» o «grandioso» aparecen con frecuencia;
- los oxímoron (figura retórica que permite conectar términos opuestos): «la perfección de su fealdad» (Hugo 1998, 92);
- las sentencias perentorias: «El París de nuestros padres era de piedra, pero nuestros hijos tendrán un París de yeso» (Hugo 1998, 172).

El estilo hugoniano es un estilo grandilocuente, apasionado y lleno de énfasis (de exageración).

Las referencias al lector

Victor Hugo también es la omnipotencia del narrador. De hecho, no deja de asociarse con el lector para hacer comentarios: «Podemos asegurar a los lectores que la timidez no era virtud ni defecto del capitán» (Hugo 1998, 267). El narrador se comporta con su lector como un maestro, que lo agarra de la mano y lo conduce literalmente por los meandros de su trama.

EL MITO DE NUESTRA SEÑORA DE PARÍS

La historia de la literatura está salpicada de mitos. Un mito es, al mismo tiempo:

- una historia inventada, pero que se tiene como verdadera;
- un relato de los orígenes;
- un relato que representa mediante símbolos problemas concretos (por ejemplo, el mito de Adán y Eva).

A este respecto, *Nuestra Señora de París*, puede considerarse un mito:

- por un lado, Hugo presenta una historia inventada como si se hubiera producido realmente en Nuestra Señora en 1482 («Hace hoy trescientos cuarenta y ocho años, seis meses y diecinueve días que los parisinos se despertaron al ruido de todas las campanas...», Hugo 1998, 51);
- por otro lado, si miramos a Quasimodo, *Nuestra Señora de París* es el relato de los orígenes del pueblo, aún deformado, pero ya lleno de vigor;
- por último, el relato simboliza, a través de los personajes

de Febo, Frollo y Quasimodo, todas las tensiones y las mutaciones sociales que se desarrollan en el siglo XV.

Por lo tanto, este mecanismo de mitificación está presente en la novela, como en prácticamente toda la obra de Victor Hugo.

PISTAS PARA LA REFLEXIÓN

ALGUNAS PREGUNTAS PARA PROFUNDIZAR EN SU REFLEXIÓN...

- Esmeralda encarna simultáneamente los dos tipos de belleza que inspiraron a los románticos. ¿Cuáles son?
- ¿En qué aspectos esta novela es un avance de *Los miserables*?
- Explique la unión que Hugo establece entre la arquitectura y la imprenta.
- ¿Cómo simboliza Quasimodo al pueblo?
- *Nuestra Señora de París* representa la transición entre dos épocas. Explíquelo.
- ¿En qué consiste la mezcla de géneros en *Nuestra Señora de París*? ¿Es algo típico de Victor Hugo? Examine sus otras obras para responder.
- ¿Cómo calificaría usted la actitud del narrador? ¿Conoce otras obras que también tengan este tipo de narrador?
- ¿Por qué podemos decir que *Nuestra Señora de París* es un mito? ¿Sucede lo mismo con las otras obras de Victor Hugo? Justifíquelo.
- Según usted, ¿qué fue lo que provocó el inmenso éxito de esta obra, la cual ha suscitado adaptaciones en todos los géneros?
- ¿Cuáles son las recurrencias de Victor Hugo en todas sus obras?

¡Su opinión nos interesa!
¡Deje un comentario en la página web de su librería en línea,
y comparta sus favoritos en las redes sociales!

PARA IR MÁS ALLÁ

EDICIÓN DE REFERENCIA

- Hugo, Victor. 1998. *Nuestra Señora de París*. Traducción de M.ª Amor Hoyos Ruiz y Eloy González Miguel. Madrid: Ediciones Cátedra.

ADAPTACIONES

Nuestra Señora de París ha dado lugar a un gran número de adaptaciones. Aquí nos limitaremos a mencionar tres de ellas.

- *Nuestra Señora de París*. Dirigida por Jean Delannoy, con Anthony Quinn y Gina Lollobrigida. Francia, 1956. Adaptación filmográfica que respeta la trama original. Los diálogos son del poeta Jacques Prévert.
- *El jorobado de Notre Dame*. Dibujos animados creados por Gary Trousdale. Estados Unidos: Disney Studios, 1996.
  Adaptación muy libre de la obra.
- *Notre-Dame de Paris*. Textos de Luc Plamondon y música de Richard Cocciante, con Noa, Garou y Patrick Fiori. Francia, 1997.
  Esta comedia musical actualiza el mensaje social de Hugo al siglo XX: aquí, los bandidos de la Corte de los Milagros son extranjeros sin papeles que reclaman el derecho a asilo. Adaptación bastante respetuosa con el original.

- Guía de lectura de *Hernani* de Victor Hugo.
- Guía de lectura de *El último día de un condenado a muerte* de Victor Hugo.
- Guía de lectura de *Los miserables* de Victor Hugo.
- Guía de lectura de *El hombre que ríe* de Victor Hugo.
- Guía de lectura de *Noventa y tres* de Victor Hugo.

ResumenExpress.com